collection soleil junior

SMITH & WESSON

2

"DUEL AU SOMMEIL"

CORTEGGIANI
TRANCHAND

SOLEIL PRODUCTIONS

S & W

Album Soleil Productions - 9 boulevard de Strasbourg - 83000 Toulon
Tél : 94 09 08 28 - Fax : 94 62 30 21
Dépôt légal mars 1995 - ISBN 2-87764-315-8

Conception graphique : **Laurent Arnaud pour Soleil Productions**

Photogravure : **Offset-méditerranée - Golfe-Juan**
Imprimé par **Rockson - Rognac**
Relié par **A.G.M. - 76 Forges-les-Eaux**

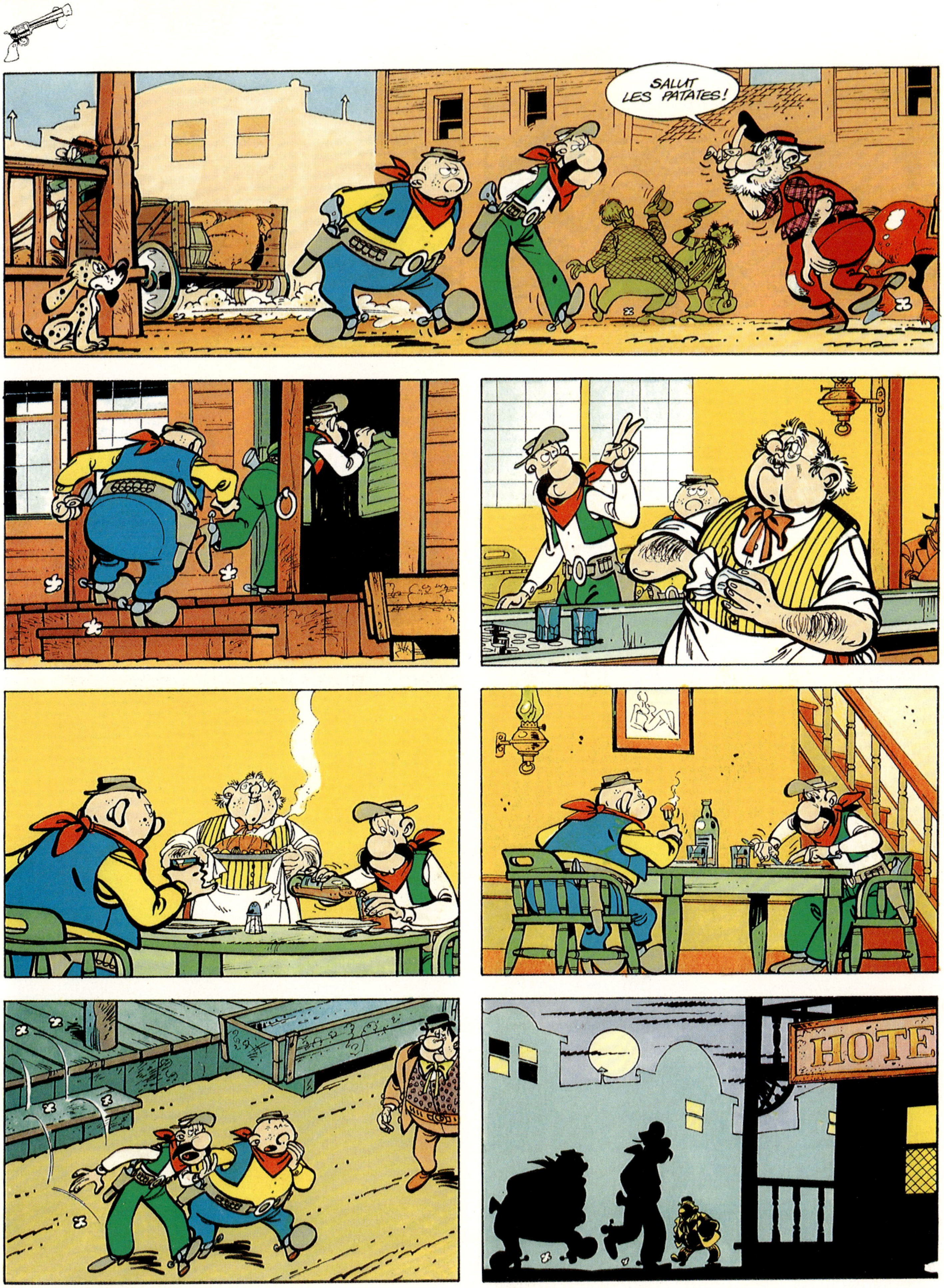
SALUT LES PATATES!
HOTE

PATATES !?

LA BOURSE OU LA VIE !
PARDON ?
LA BOURSE, OU LA VIE ! HEU... S'IL VOUS PLAIT ?
HAHAHA...
MAIS ENFIN MON BRAVE, CE N'EST PAS COMME ÇA QU'IL FAUT FAIRE...
ET REGARDEZ-MOI CET AIR AVACHI... UN PEU DE PRESTANCE QUE DIABLE !
AYEZ L'AIR AGRESSIF... MONTREZ LES DENTS !...
ET PARLEZ À HAUTE ET INTELLIGIBLE VOIX QUE L'ON VOUS ENTENDE ET VOUS COMPRENNE... VOUS VOYEZ ?
HEU...
O.K. ! RIEN NE VAUT UN EXEMPLE... MOI, JE FAIS LE VOLEUR ET VOUS, LA VICTIME APEURÉE...
D'ACCORD !
BON !
LA BOURSE OU LA VIE !
COMMENT ?
ÇA VA PAS NON !
POK !
NON MAIS !
SNIF !

ALLEZ ALLEZ!
PFF PFF!...
ALLEZ ALLEZ!
PFF PFF!...
PFF PFF!
ALLEZ ALLEZ!
ALLEZ ALLEZ!
PFF PFF!
KOGN! KOGN!
PFF PFF...
ALLEZ ALLEZ!...
PFF... ET PFF... ET J'ARRÊTE... J'EN PEUX PLUS DE M'ENTRAÎNER MOI...
DE TOUTE FAÇON, C'EST TERMINÉ, LA RENCONTRE EST DANS UNE HEURE VA TE CHANGER!
ALLEZ ALLEZ!...
PFF! PFF!

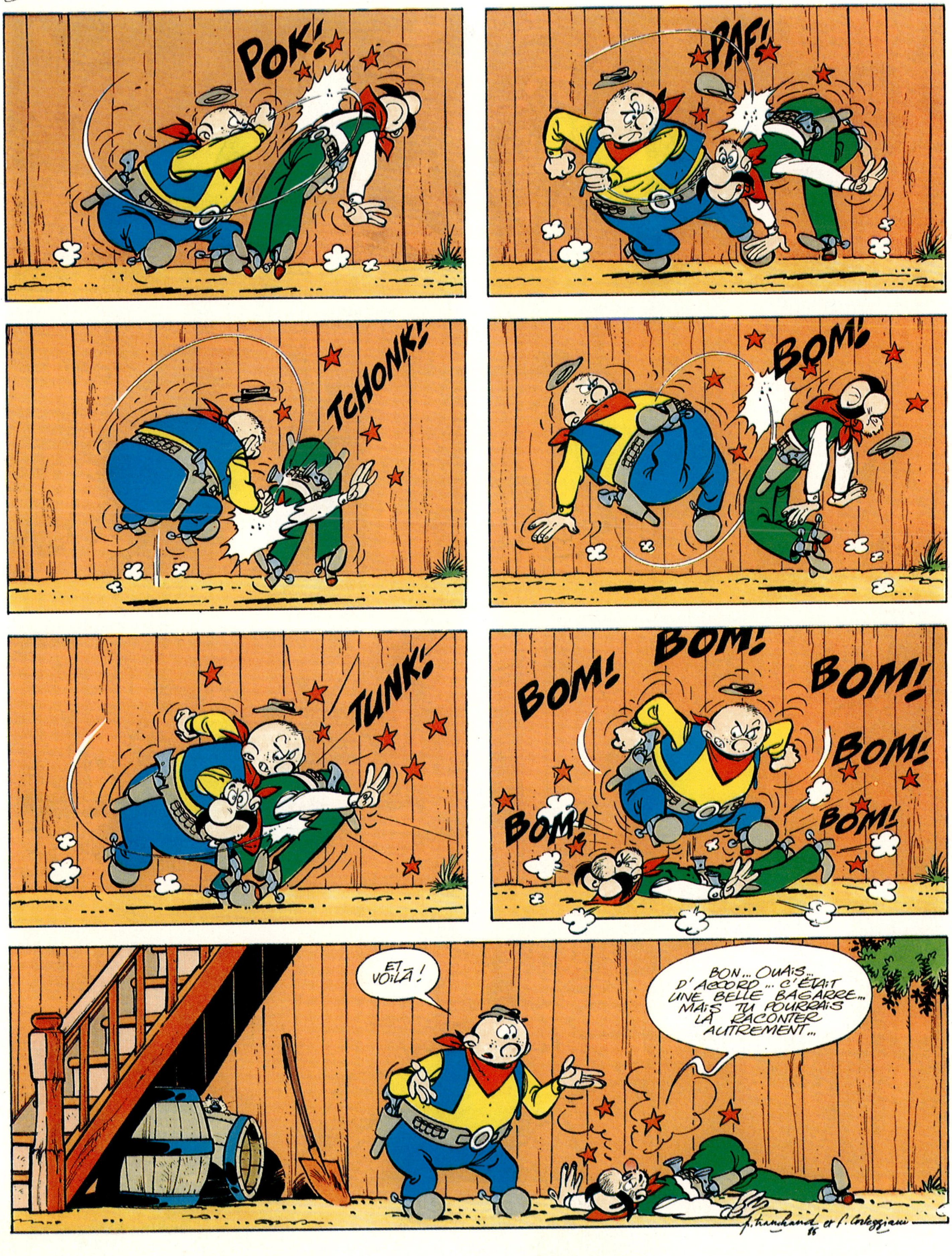
POK!
PAF!
TCHONK!
BOM!
TUNK!
BOM!
BOM!
BOM!
BOM!
BOM!
BOM!
ET VOILÀ !
BON... OUAIS... D'ACCORD... C'ÉTAIT UNE BELLE BAGARRE... MAIS TU POURRAIS LA RACONTER AUTREMENT...

HOLÀ!
AAAH! LES INDIENS!
POTO! POTO!
IL MONTRE MON GILET...
ZOUM... POUTI POTO POTO!
ON DIRAIT QU'IL VEUT L'ÉCHANGER CONTRE UN AUTRE!
LE MIEN AUSSI... NE LES CONTRARIONS PAS, ILS SONT PLUS NOMBREUX!
POUTI POUTI...
OUAIS OUAIS PAS MAL...
MERCI BIEN GRAND CHEF...
POTO POTO!
C'EST ÇA TÉLÉGRAPHIQUE HIHIHI...
HÉHÉ... ET BONJOUR CHEZ VOUS...
JE ME DEMANDE BIEN POURQUOI ILS FONT ÇA!...
BAH! VA SAVOIR CE QUI LEUR PASSE PAR LA TÊTE À CES EMPLUMÉS!

T'EN FAIS UNE TÊTE SMITH... T'AS L'AIR INQUIET !
OUAIP !.. OUAIP OUAIP !.. OUAIP ! JE SUIS INQUIET !
MAIS ENFIN POURQUOI ÇA ? TOUT VA BIEN !
NAN !... TOUT NE VA PAS BIEN... DEPUIS CINQ MINUTES NOUS SOMMES SUR LE TERRITOIRE DES SIOUX PLANKONNOU... ET JE NE SUIS PAS RASSURÉ ALORS JE SUIS INQUIET...
MAIS C'EST IDIOT TU VOIS BIEN QU'IL N'Y A PAS UNE SEULE PLUME À DES KILOMÈTRES À LA RONDE !
OUI... JE NE VOIS RIEN... ET C'EST BIEN CE QUI M'INQUIÈTE !
IL PARAIT QUE CETTE TRIBU EST PASSÉE MAITRESSE DANS L'ART DU CAMOUFLAGE. ON NE LA VOIT JAMAIS TU TE RENDS COMPTE ?!
ALLONS DONC... MAIS CE N'EST PAS POSSIBLE, MAIS NON !
MAIS SI !
MAIS SI !
AAAAH !
MAIS SI !
MAIS SI !
MAIS SI !
MAIS SI !
MAIS SI !
MAIS SI !
MAIS SI !
MAIS SI !
MAIS SI !
MAIS SI !
MAIS SI !
MAIS SI !
MAIS SI !
MAIS SI !
p. Marchand 82 et f. Corteggiani

C'EST ENCORE LOIN ?
NON NON, ON ARRIVE !
C'EST UN AMI À TOI ?
MAIS OUAIS, JE TE L'AI DÉJÀ DIT, IL VIENT D'ACHETER UNE PETITE FERME !
UNE FERME ?
OUAIS, IL S'EST RECONVERTI DANS LA VOLAILLE...
DANS LA VOLAILLE HEIN ? ET QU'EST-CE QU'IL FAISAIT AVANT ÇA TON POTE ?
BEN, CROQUE-MORT POURQUOI ?
PETIT... PETIT... PETIT...

ALORS, COMME ÇA, C'EST TOI LE MEILLEUR TIREUR!
TU LE SAIS BIEN, VOYONS SMITH!
PROUVE-LE...
MAIS ENFIN, ON A DÉJÀ FAIT ÇA CENT FOIS!
BANG!
NON! PAS COMME ÇA... FAIS MIEUX!
ATTENTION!
FLOP!
ALLEZ!
KROW!
BON!
?
FLAP!

HÉ! WESSON! TU TE RAPPELLES DE NOTRE DERNIER CONCOURS DE TIR?..
CELUI OÙ J'AI FAIT MIEUX QUE TOI?
BEN NON.. JUSTEMENT... TU AS FAIT DIFFÉRENT, PAS MIEUX...
OÙ EST LA DIFFÉRENCE?
BANG!
DANS LE RÉSULTAT!
ATTENTION!
FLAP!
FAIS MIEUX MAINTENANT... MIEUX!
KPOW!
BON!
?
BLONG!
MONSIEUR EST SERVI!

NON... CE N'EST PAS PAR ICI ...
PAR ICI NON PLUS...
PAS PAR LÀ EN TOUT CAS!
TU TE RENDS COMPTE QUE ÇA FAIT HUIT HEURES QU'ON TENTE DE SORTIR DE CE TRUC...
ET NOUS Y ARRIVERONS... NON, CE N'EST PAS LA BONNE ROUTE PAR LÀ NON PLUS ...
PFIUU... JE SUIS ÉPUISÉ... SOUFFLONS CINQ MINUTES...
SI JE TENAIS CE DE COYOTE QUI NOUS A INDIQUÉ CE RACCOURCI! COMMENT ÇA S'APPELLE DÉJÀ CE COIN ?
LABYRINTH VALLEY !

ILS SONT TOUJOURS SUR NOS TALONS!
ÇA ... PLUTÔT DEUX FOIS, QU'UNE!
TAGADAP TAGADAP!
ON NE LEUR ÉCHAPPERA PAS COMME ÇA ...IL VAUT MIEUX SE PLANQUER!
SE PLANQUER! MAIS COMMENT?
T'INQUIÈTE PAS J'AI TOUT PRÉVU!
AH! OUAIS!
OUAIS, CE DÉGUISEMENT...
TOI ALORS...T'EN AS DE CES IDÉES!
JE NE ... HÉ... MAIS...
DÉPÊCHE-TOI, LES VOILÀ, ET N'OUBLIE PAS LE BALAI!
DIS, HEU, SMITH, TU CROIS QUE... HEU... HMM...ENFIN...TU SAIS QU'IL FAIT 35° ET QU'ON EST EN PLEIN DÉSERT DE L'ARIZONA...
CHUT! TU VAS NOUS FAIRE REPÉRER...
?
?
?
?
?

NON!
SI!
JE NE TE CROIS PAS...
PARIONS DANS CE CAS...
O.K. TOPE LÀ!
PAF!
PARFAIT!
ALORS TU COMMENCES PAR TE DISLOQUER COMME ÇA!
?
PUIS TU REMUES D'UNE MANIÈRE SACCADÉE. HOP HOP...
PUIS TU TOURNES SUR LE SOL EN TE TENANT SUR UN SEUL BRAS...
ET VOILÀ!
ET VOILÀ RIEN... ÇA NE MARCHE PAS!
AH OUI... IL FAUT...
AJOUTER LA FORMULE MAGIQUE HIP... HOP...
BROMBOMM
?

BOLO BROMBOM
BOM B
CRAAA-AK !
BON D'ACCORD! TU AS GAGNÉ... TU SAIS FAIRE LA DANSE DE LA PLUIE DES APACHES... MAIS PAS À L'INTÉRIEUR BON SANG DE !!
HEU...

TRAPPEUR... TU PARLES D'UN BOULOT... C'EST VRAIMENT PAS UN TEMPS À RELEVER DES PIÈGES À OURS !
QUE DIS-TU ?
JE DIS QU'AVEC CE TEMPS-LÀ ON NE TROUVERA AUCUN PIÈGE !
FAIS COMME MOI... JE LES REPÈRE AU BRUIT !
AU QUOI ?
AU SON SI TU PRÉFÈRES !
PFF.. N'IMPORTE QUOI !
NON SEULEMENT JE FAIS UN MÉTIER IDIOT, MAIS EN PLUS, JE LE FAIS AVEC UN CRÉTIN...
TCHAK !
OUAÏE !
AH !

OUAOUWA HOUHOU...
QU'EST-CE QUE JE DISAIS...
GNiiii!...
ON APPELLE DONC ÇA UN PIÈGE À SON!
GRRR!
AUCUN SENS DU GAG CE SMITH!
JE VAIS TE...
ALLONS BON... OÙ EST-IL PASSÉ?
ICI... ET JE N'EN DESCENDRAI QUE QUAND TU TE SERAS CALMÉ...
DRÔLE D'ENDROIT POUR SE REPOSER...
ALORS QUE J'APERÇOIS NON LOIN UNE GROTTE OÙ EN FAISANT UN BON FEU...
GROTTE! FEU!
ET VOILÀ!
GROTTE, FEU! GROTTE, FEU! EN AVANT!...HOP! HOP!
TCHOP! TCHOP! TCHOP!

MOI JE PRÉFÈRE LA CHASSE AVEC APPÂT...
AAYAA!
SM!!!TH! ÇA Y EST, J'EN AI UN!
GRRR!...
MOI JE M'OCCUPE DU FEU!
GRRR...
AAYAA!
WESSON!.., ATTENDS-MOI WESSON!...
CHARMANTE FAMILLE!
GRRR...
GRRR...
GRRR...
GRRR...
OÙ ES-TU?! WESSON?!
ICI, DANS L'ARBRE!
J'ARRIVE!
GRRR...

TU VOIS, ON N'Y EST PAS SI MAL APRÈS TOUT!
OUAIP! ET PUIS ÇA A LE MÉRITE DE FAIRE RÉFLÉCHIR... JE LAISSE TOMBER CE TRAVAIL DE DINGUES!
GROUMPF!
ÇA VA, ILS SONT PARTIS!
JE DISAIS DONC QUE JE REPRENDS LE VOL À MAIN ARMÉE!...
TCHOF!
TU RETOMBERAIS SUR LA PISTE VERGLACÉE DU CRIME?
VERGLACÉE?
PARCE QUE ÇA L'EST PAS ICI, VERGLACÉ!?
ÇA L'EST MOINS EN TOUT CAS... TON HURLEMENT A FAIT CESSER LE BLIZZARD! HIHIHIHI!...
TANT MIEUX!
PRÉPARONS-NOUS... LE PREMIER QUI SE POINTE, ON LE BRAQUE!
ON RISQUE D'ATTENDRE LONGTEMPS...
ET POURQUOI ÇA?...
MAIS PARCE QUE NOUS SOMMES BIEN LES SEULS DANS CETTE IMMENSE PLAINE BLANCHE...
AH OUI?...
HEU... EXCUSEZ-MOI MESSIEURS, AVEC TOUT CE BLIZZARD JE ME SUIS PERDU ET JE...
PFFF!...

NE T'EXCUSE PAS PÈLERIN, ET LES MAINS EN L'AIR...
C'EST QUE HEU... JE NE ME SUIS PAS PERDU TOUT SEUL...
HAHAHAHA... ET EN PLUS IL ME PREND POUR UN IMBÉCILE!
?!
DRÔLE DE COSAQUES SIRE...
OUI... NOUS N'AURIONS PEUT-ÊTRE PAS DÛ PRENDRE À DROITE APRÈS LE PONT SUR CETTE !! DE BEREZINA!
MON PETIT GARS, PERMETS-MOI DE TE DIRE QUE TON CAS EMPIRE!
DIS SMITH... HO SMITH... SMIIIITH!
FIN DE L'ÉPISODE - F. Corteggiani et P. Tranchand 86

TARITARI TATA
OUAA... LA LA... QU'EST-CE QU'ON A FAIT DE PASSER AU CANADA...
C'ÉTAIT LE SEUL ENDROIT POSSIBLE APRÈS CE HOLD-UP RATÉ... TU LE SAIS BIEN...
OUI... OUI... BIEN SÛR... MAIS TOUT DE MÊME... DE LÀ À S'ENGAGER DANS LA POLICE...
SPLASH!
C'EST LA VIE... UN JOUR GENDARME, UN AUTRE VOLEUR... ET PUIS, ON EST BIEN ICI... NOURRIS, LOGÉS...
M'OUAIS...
ET PUIS, CE N'EST PAS N'IMPORTE QUELLE POLICE, C'EST LA POLICE MONTÉE...
OUAIS, MONTÉE!
LE SEUL PROBLÈME ÉTANT DE SAVOIR CE QUE L'ON ENTEND PAR LÀ...
BEN...

ZUT DE ZUT ! LE RIO EST EN CRUE... IMPOSSIBLE DE PASSER... ÇA VA RETARDER LA CARAVANE D'AU MOINS TROIS JOURS ÇA...
J'AI UNE IDÉE... IL Y A UN PETIT VIEUX QUI M'A DIT L'AUTRE JOUR QU'IL ÉTAIT UN SPÉCIALISTE DE CE GENRE DE PROBLÈMES !
UN SPÉCIALISTE ?... POUR PASSER LES RIVIÈRES EN CRUE... QU'EST-CE QU'IL FAIT ? IL VOLE ?... ENFIN, VA TOUT DE MÊME LE CHERCHER AU POINT OÙ ON EN EST...
LE VOILÀ !
MONSIEUR !
HEU... MONSIEUR !
HÉÉ... MAIS DIS DONC IL EST SUPER TON MEC COMMENT S'APPELLE-T-IL ?
HEU MOÏSE JE CROIS !

C'EST BIEN CE BOULOT DE CONVOYEUR DE CHARIOTS, MAIS IL FAIT CHAUD...
OUAIS...
ET SOIF...
OH QUE OUAIS...
CHAUD ET SOIF ...
GARGL...
JE BOIRAIS BIEN QUELQUE CHOSE DE FRAIS MOI !
OUAIS, MOI AUSSI...
FRIGOMATIC
MAIS VA TROUVER QUELQUE CHOSE DE FRAIS DANS CE
DE DÉSERT !

AH... VOILÀ QUELQU'UN...
HÉÉ... NON!... PLANQUONS-NOUS!
MAIS ENFIN, POURQUOI ÇA? C'EST SÛREMENT UNE DILIGENCE ET...
MAIS NON, C'EST LE PONY
EXPRESS...

C'EST BEAU HEIN ?
OUAIP !
C'EST ÇA L'OUEST SAUVAGE MON P'TIT PÈRE...
OUAIP DE OUAIP !
HÉ HO LES BOUSEUX !
MMH...
SORTIE
POURRIEZ PAS ENLEVER VOS CHAPEAUX ON N'Y VOIT RIEN !
JE T'AVAIS BIEN DIT QU'ON AURAIT DES ENNUIS AVEC NOS CHAPEAUX DES DIMANCHES...

SMITH! SMITH!
MMOUUI...
TU TE SOUVIENS DE L'AFFICHE QUE CE CRÉTIN DE TIM LE FARCEUR AVAIT FAITE DE NOUS...
OUIII... L'AVIS DE RECHERCHE À LA PAGE 21 DE NOS AVENTURES... QUEL EXCELLENT GAG!
EH BIEN, CE N'EN EST PLUS UN... IL Y A UN CHASSEUR DE PRIMES QUI A PRIS ÇA AU SÉRIEUX!
NON!...
SI! IL SE BALADE EN VILLE AVEC, EN DEMANDANT SI PERSONNE NE NOUS A VUS... IL FAUT SE TIRER MON VIEUX...
TROP TARD!
MESSIEURS SMITH ET WESSON!!
NON! FILONS PAR LES COULISSES!

HEY!
VITE! VITE!
JE FAIS CE QUE JE PEUX!
?
GRMBL... S'ILS CROIENT M'ÉCHAPPER...
PAR ICI! LA PORTE LÀ...
!!!!!...
ILS ONT DÛ... OH! EXCUSEZ-MOI...
LA PORTE!
GRMBL... OÙ SONT-ILS DONC PASSÉS? J'AURAIS POURTANT JURÉ...
OUF!
FORMIDABLE CE DÉGUISEMENT!
OUAIP! MAIS MAINTENANT IL FAUT... QUE...
EN SCÈNE MESDEMOISELLES!
EN SCÈNE!
TARATZIMMM
BOM!
OH!
CLAP! CLAP!
CLAP! CLAP!
BOUM!
CLAP! CLAP

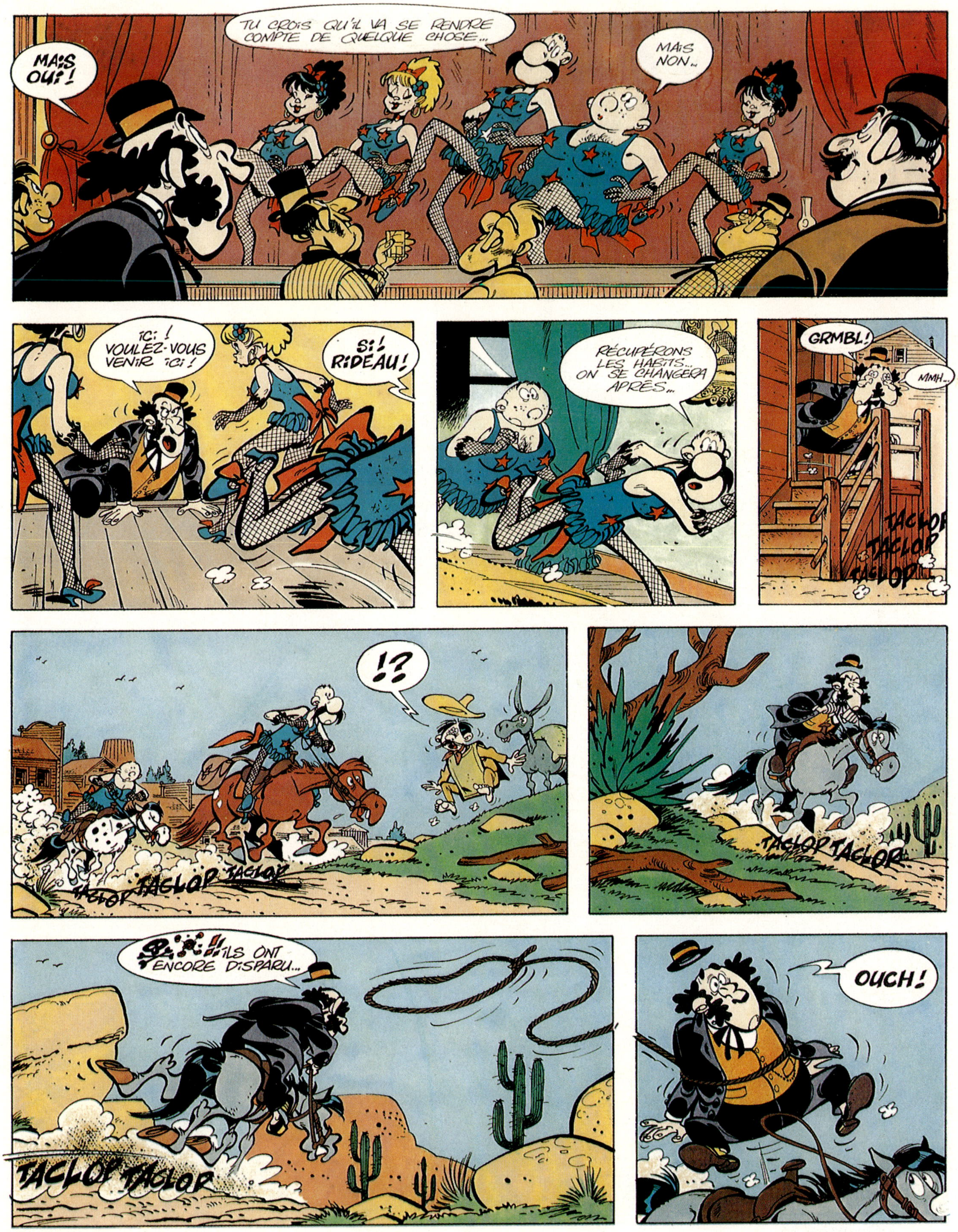
MAIS OUI !
TU CROIS QU'IL VA SE RENDRE COMPTE DE QUELQUE CHOSE...
MAIS NON...
ICI ! VOULEZ-VOUS VENIR ICI !
SI ! RIDEAU !
RÉCUPÉRONS LES HABITS... ON SE CHANGERA APRÈS...
GRMBL !
MMH...
TACLOP TACLOP TACLOP
!?
TACLOP TACLOP TACLOP
TACLOP TACLOP
ILS ONT ENCORE DISPARU...
TACLOP TACLOP
OUCH !

ON LE TIENT!
AAH... MESSIEURS SMITH ET WES...
BRAVO!...
SON!
MAINTENANT, ON PEUT SE CHANGER EN PAIX!
IL REVIENT À LUI!
NE BOUGE PAS, HEIN? BONHOMME...
MAIS, JE NE VOUS VEUX AUCUN MAL!
JE SUIS ICI POUR VOUS ANNONCER QUE VOUS FAITES UN HÉRITAGE...
UN HÉRITAGE!
OUI... JE SUIS NOTAIRE...
ET JE PEUX VOUS DIRE QU'AUJOURD'HUI 15 AVRIL À... HOLÀ... TROP TARD DE DEUX MINUTES...
COMMENT ÇA TROP TARD?
COMME TROP TARD... DANS LE TESTAMENT, IL EST ÉCRIT QUE VOUS HÉRITEZ, À CONDITION D'ÊTRE PRÉVENUS AVANT LE 15 AVRIL À 17 HEURES... ET IL EST 17 HEURES ET DEUX MINUTES, SÛREMENT TROIS MAINTENANT...
GN?!!... VOUS NE POUVIEZ PAS LE DIRE PLUS TÔT!
ESCROC!
BANG! BANG! BANG! BANG!
MAIS VOUS NE M'AVEZ PAS LAISSÉ PARLER AAAHH!... AU SECOURS! À MOI!...
FIN DE L'ÉPISODE
f. Corteggiani + p. tranchand

?
?!
CE N'EST PAS POSSIBLE ... ILS ONT TOUS DES CRÂNES D'OEUFS DANS CETTE VILLE ... LA TÊTE PELÉE ...
JE ME DEMANDE BIEN CE QUE... OH! WESSON!?
QUOI ENCORE?
TON CRÂNE! POLI... TOI AUSSI!...
AH ÇA! BEN OUI, ILS ONT UN NOUVEAU COIFFEUR EN VILLE... ET IL NE SAIT FAIRE QU'UNE SEULE COUPE DE CHEVEUX!...
REGARDE...
?!?
CHEZ LE GRAND CHEF RAZARA
SCALP À TOUTE HEURE

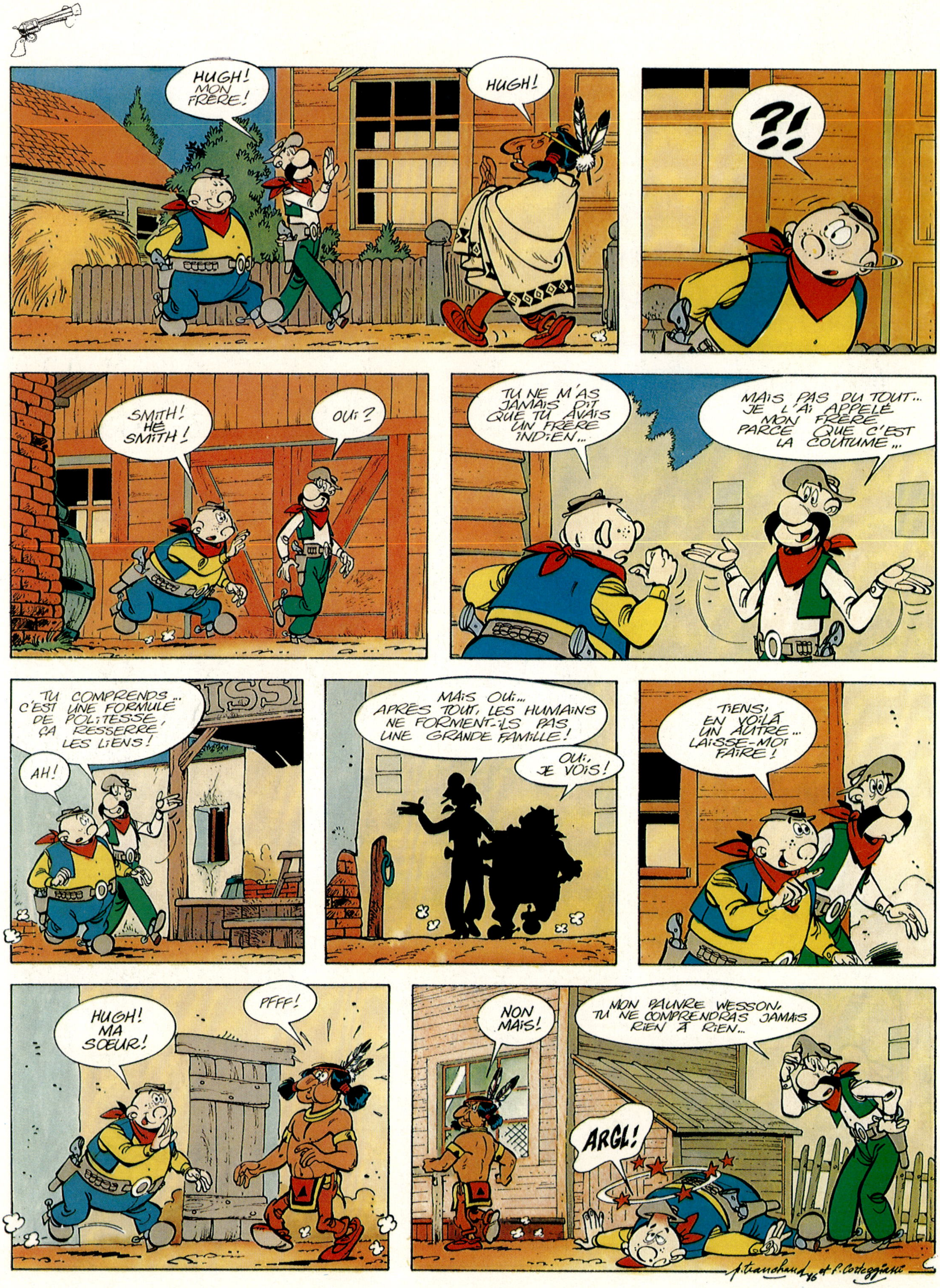
HUGH! MON FRÈRE!
HUGH!
?!
SMITH! HÉ SMITH!
OUI?
TU NE M'AS JAMAIS DIT QUE TU AVAIS UN FRÈRE INDIEN...
MAIS PAS DU TOUT... JE L'AI APPELÉ MON FRÈRE PARCE QUE C'EST LA COUTUME...
TU COMPRENDS... C'EST UNE FORMULE DE POLITESSE, ÇA RESSERRE LES LIENS!
AH!
MAIS OUI... APRÈS TOUT, LES HUMAINS NE FORMENT-ILS PAS UNE GRANDE FAMILLE!
OUI, JE VOIS!
TIENS, EN VOILÀ UN AUTRE... LAISSE-MOI FAIRE!
HUGH! MA SOEUR!
PFFF!
NON MAIS!
MON PAUVRE WESSON, TU NE COMPRENDRAS JAMAIS RIEN À RIEN...
ARGL!

NON TOUJOURS RIEN !
T'ES SÛR... ON NOUS A POURTANT SIGNALÉ UN TROUPEAU DE BISONS DANS CE COIN...
PUISQUE JE TE DIS QUE JE N'ENTENDS RIEN...
OM! BROLOM! BOLOM!
HÉ MAIS !
ATTENTION !
BROLOMBROLOMBROLOMBROLOMBOLOMBOLOM
TOI T'AS ENCORE OUBLIÉ D'ENLEVER LE COTON QUE TU METS DANS LES OREILLES POUR DORMIR HMMM...
GRWTZKF...

HALTE-LÀ VISAGES PÂLES, VOUS PÉNÉTREZ SUR LE SOL SACRÉ DES COMANCHES !
DU CALME L'ENCORNÉ, ON NE FAIT QUE PASSER...
QUE LA MALÉDICTION DE BARTABA SOIT SUR VOUS !
HO MANITOU ! ÉCOUTE LA PRIÈRE DE TON SERVITEUR FIDÈLE...
DIS SMITH !
OUAIP !
T'U CROIS, TOI, À LA MALÉDICTION DE CE SORCIER COMANCHE ?
MEU NON...

TOUJOURS RIEN...
T'ES SÛR AU MOINS... TU AS BIEN ENLEVÉ LE COTON DE TES OREILLES CETTE FOIS-CI ?
MAIS OUI... SI JE TE DIS QUE JE N'ENTENDS RIEN, C'EST QUE JE N'ENTENDS RIEN...
HEY MAIS...
ATTENTION !
TU SAIS QUE C'EST BIEN LA PREMIÈRE FOIS QUE JE VOIS UN TROUPEAU DE BISONS CHAUSSÉS DE PANTOUFLES...
GARGLEU..

HÉHÉ... SMITH ET WESSON, ET SANS ARMES... HAHAHA... JE VAIS VOUS DESCENDRE LES GARS !
HÉ HO... ON A PEUT-ÊTRE DROIT À UN DERNIER VERRE DE RHUM !
OUAIS HAHAHA... JE NE PEUX PAS VOUS REFUSER ÇA...
MERCI ! GLOUB GLOUB !
ET UNE DERNIÈRE CIGARETTE !
MAIS OUI... HÉHÉHÉ... APRÈS ÇA JE TIRE...
QUE TU CROIS !
HIHIHI...
SCRATCH !!
FCHHHHHHHHHHH...
SANS ARMES QU'IL DISAIT ! HIHIHI...

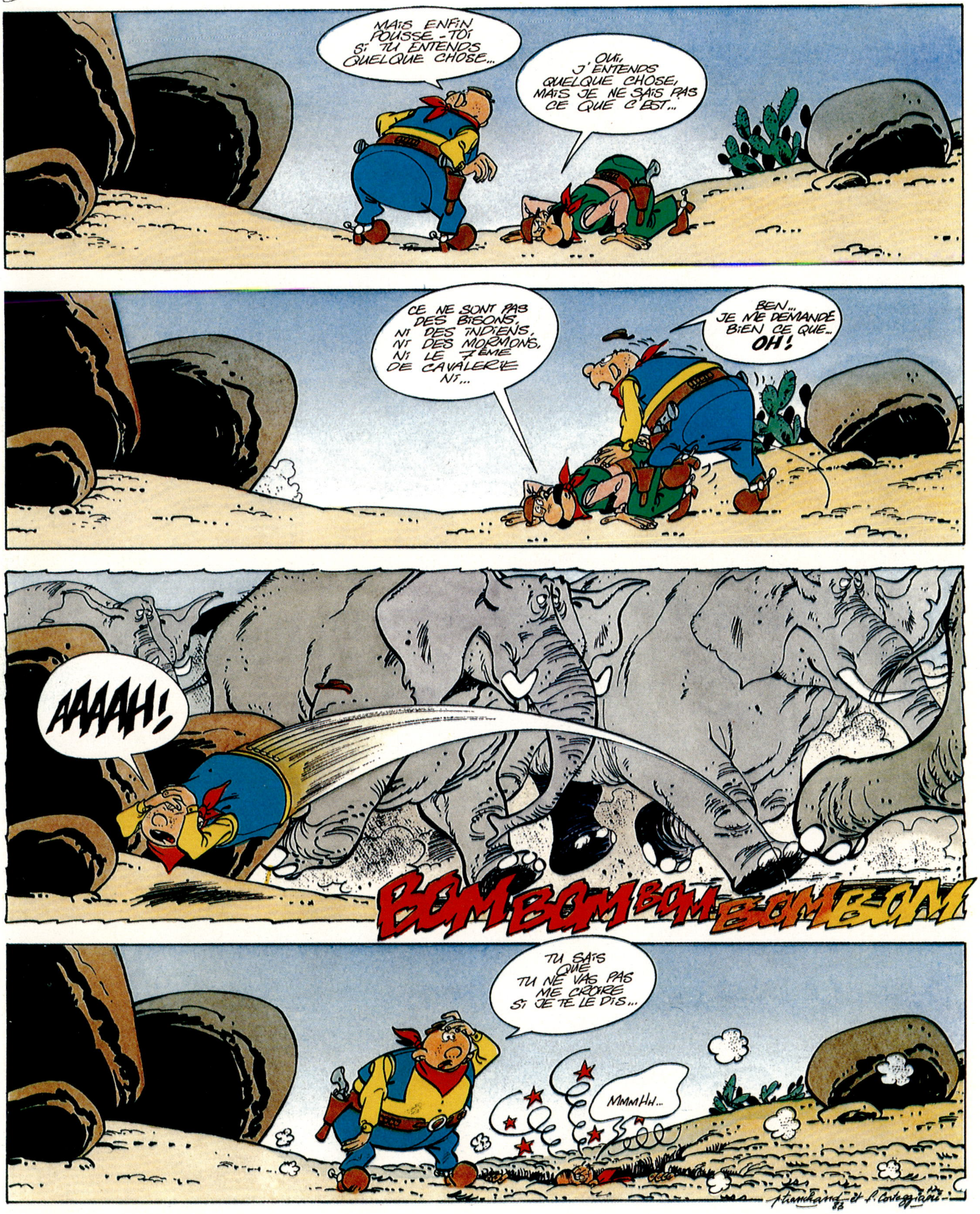
MAIS ENFIN POUSSE-TOI SI TU ENTENDS QUELQUE CHOSE...
OUI, J'ENTENDS QUELQUE CHOSE, MAIS JE NE SAIS PAS CE QUE C'EST...
CE NE SONT PAS DES BISONS, NI DES INDIENS, NI DES MORMONS, NI LE 7ÈME DE CAVALERIE NI...
BEN... JE ME DEMANDE BIEN CE QUE... OH!
AAAAH!
BOM BOM BOM BOM BOM BOM
TU SAIS QUE TU NE VAS PAS ME CROIRE SI JE TE LE DIS...
MMMHH...

?
?
HALTE-LÀ VISAGES PÂLES, IL EST INTERDIT DE PÉNÉTRER SUR LE TERRITOIRE DES AGLAGAS !
GRMBL !
DU CALME WESSON, JE M'EN CHARGE !
DIS DONC PAPOOSE, TU SAIS QUE LES PETITS COMME TOI, MOI, JE LES MOUCHE !
AAAH !
CROUIC !
NON MAIS !
BEUAAH ! J'ME PLAINDRAI AU GRAND MANITOU OOUUIINN !
DIS... HEU... SMITH, TU SAIS QUI C'EST TOI, LE GRAND MANITOU ?
UNE CROYANCE MON VIEUX, RIEN QU'UNE CROYANCE !

CETTE FOIS-CI... J'ENTENDS VRAIMENT RIEN DE RIEN...
ET MOI, JE NE VOIS RIEN NON PLUS DEVANT...
ET DERRIÈRE ?
DERRIÈRE NON PLUS...
RIEN À L'OUEST NI À L'EST, NI AU SUD, ET ENCORE MOINS AU NORD, CROIS-MOI LA GRANDE ÉPOQUE DES BISONS EST RÉVOLUE !
ALLONS NE SOIS PAS PESSIMISTE !
MAIS SI... D'OÙ VEUX-TU QU'ILS DÉBOULENT MAINTENANT !
HÉÉÉ !
TUNK!
TONK
BOM!
POK!
BROM!
OUAÏE!
URGL!

OH! UN LAPIN... REGARDE!...
ET LÀ-BAS...
...DES RENARDS!
UNE MARMOTTE!
...UN TROUPEAU DE BISONS, UNE SQUAW...
...UN PAPOOSE, DES CHEVAUX!...
UN... SNIF!
OH!
UN INCENDIE DE PRAIRIE!

WOULOU!
WOULOU!
WOULOU!
WOULOU!
WOULOU!
DIS ... HEU... SMITH... TU NE CROIS PAS QU'ON VA TROP VITE ...
HÉ HO... C'EST PAS À MOI QU'IL FAUT LE DIRE, C'EST À EUX !
AÏE AÏE AÏE !
ET VOILÀ QU'EST-CE QUE JE DISAIS...
ET OUAIS !
BON SANG, J'AI OUBLIÉ MES PAPIERS...
HEU ... BONJOUR MONSIEUR L'AGENT...
HIHIHIHI...
ALORS ON NE RESPECTE PAS LES LIMITATIONS DE VITESSE HMM... ET LE RADAR ? HMM... ON L'A CONFONDU AVEC UN BARBECUE ?

BLOOD 'ND GUTS !
WESSON... ÉTEINT CE FEU, WESSON VIIITE !...
POURQUOI CELA ?
LES INDIENS ARRIVENT ! NOUS SOMMES SUR LEUR TERRITOIRE ET...
NE T'INQUIÈTE PAS ! J'AI TOUT PRÉVU !
plus vraies PANOPLIES que vraies !
FORMIDABLE ! TU ES UN GÉNIE !
HABILLONS-NOUS !
VITE !
HEU... DIS WESSON... TES COSTUMES D'INDIENS-LÀ TU ES SÛR DE... HEU... IL NE MANQUE PAS QUELQUE CHOSE ?
HEU... UN ÉLÉPHANT PEUT-ÊTRE ?...

WANTED
BLAK-JACK
5000 $
WANTED
PEDRO EL PORCO
1000 $
SCRATCH!
WANTED
PEDRO EL PORCO
1000 $
WANTED
CROQUE-MORT JIM
3000 $
SCRATCH!

WANTED
CARPETB. JO
2000 $
SCRATCH!
WANTED
REBEL BILL
2000 $
SCRATCH!
WANTED
SMITH WESSON
6000 $
SCRATCH!
BANG!
BANG!
BANG! BANG!
BANG!
GÉNÉRAL STORE
BANG!

DIS SMITH...
OUAIS...
TU SAIS HEU... LA...
LA QUOI ?
LA DILIGENCE LÀ...
OUAIS...
BEN HEU...
QUOI ? PARLE VOYONS...
BEN HEU... T'ES SÛR QU'ELLE PASSE ENCORE PAR ICI ?
BIEN SÛR VOYONS... ÇA FAIT LA TROISIÈME FOIS QUE TU ME LE DEMANDES...
C'EST QUE HEU... JE ME FAIS DU SOUCI...
MAIS POURQUOI ? TU VOIS BIEN QUE NOUS NE SOMMES PAS LES SEULS À ATTENDRE, NON !
BEN OUI JUSTEMENT...
?
SKELETON STATION

PAW! PAW! PAW! PAW!
IN MEMORIAM SMITH ET WESSON QUI TIRAIENT MOINS VITE QUE LEURS OMBRES
RIP
AAAH!
HOTE
QUE SE PASSE-T-IL ? POURQUOI CRIES-TU COMME ÇA ?
JE VIENS DE FAIRE UN DE CES CAUCHEMARS !! SI TU SAVAIS... IDIOT !.. MAIS IDIOT !